用愛情故事記
韓語40音

40音尋愛花園
著色本

金龍範 著
Shan Tian She

前言

可以想像嗎？
用愛情故事也可以記韓語 40 音！

從男女邂逅、相戀、結婚生子，婚後生活，奮鬥、磨合、懷疑、爭吵、原諒，
一直到尋得真愛，兩人的世界終於染上了彼此的顏色，都有 40 音的影子。

書中，就是要您馳騁想像力，跟著一段愛情故事，輕鬆記住韓語 40 音。

特色

★ 圖像記憶新視野！首創如看韓劇的愛情故事一樣，來學韓語 40 音。
　 在男男女女的互動上，就能找到 40 音的影子！

★ 配合圖像的一句旁白，讓您聯想發音，40 音就是這麼好記。

★ 史上第一本抒解壓力的韓語 40 音學習書！透過著色，豐富視覺感受，
　 提升學習效果，讓韓語 40 音活起來。

★ 精選韓劇常出現的單字，讓您發音、字母、單字一次學會。

目錄

本書使用說明

基本練習 ....

圖像‧發音記憶法 ....

練習寫寫看 ....

彩繪尋愛花園

基本練習 第一步：先認識筆順；

第二步：練習發音，先聽一次老師的發音，並用羅馬拼音輔助，跟
著念一次，接著搭配相似音，加深記憶；

第三步：學習將「音」延伸出常用的「單字」，加強練習。

圖像發音記憶法 聽我們說「愛情故事」，並從「男女互動」中發現韓語 40 音，只要圖像與文字對照一下，就能感受浪漫，輕鬆記住 40 音。

圖像 · 發音記憶法

邂逅後，兩人都心醉了：
「I love you（愛老虎**油**）」。

練習寫喜看 經過「音」與「形」的基本與延伸學習，40 音一定變得很熟悉了！接著多練習寫幾次，讓 40 音變得更熟練，不僅能說出道地韓語，也能寫一手好字。

練習寫寫看	ㅠ	ㅠ				

彩繪尋愛花園 第一步：學韓語 40 音前，先準備好色鉛筆、彩色筆、水彩或蠟筆等彩繪工具。

第二步：學會韓語 40 音後，自我測驗一下！將花園塗上美麗的顏色，並把藏在花園裡的韓語 40 音找出來。

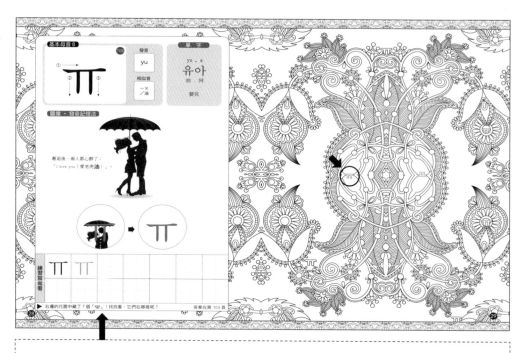

▶ 右邊的花園中藏了 7 個「ㅠ」！找找看，它們在哪裡呢？　　　　答案在第 103 頁

韓語文字及發音

　　看起來有方方正正，有圈圈的韓語文字，據說那是創字時，從雕花的窗子，得到靈感的。圈圈代表太陽（天），橫線代表地，直線是人，這可是根據中國天地人思想，也就是宇宙自然法則的喔！

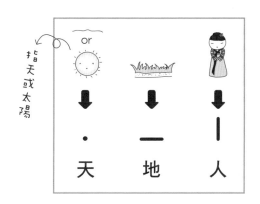

　　另外，韓文字的子音跟母音，在創字的時候，是模仿發音的嘴形，很多發音可以跟我們的注音相對照，而且也是用拼音的。

　　韓文有 70% 是漢字詞，那是從中國引進的。發音也是模仿了中國古時候的發音。因此，只要學會韓語 40 音，知道漢字詞的造詞規律，很快就能學會 70% 的單字。

韓語發音對照表

	表記	羅馬字
基本母音	ㅏ	a
	ㅑ	ya
	ㅓ	eo
	ㅕ	yeo
	ㅗ	o
	ㅛ	yo
	ㅜ	u
	ㅠ	yu
	ㅡ	eu
	ㅣ	i
複合母音	ㅐ	ae
	ㅒ	yae
	ㅔ	e
	ㅖ	ye
	ㅘ	wa
	ㅙ	wae
	ㅚ	oe
	ㅝ	wo
	ㅞ	we
	ㅟ	wi
	ㅢ	ui

	表記	羅馬字
基本子音	ㄱ	k/g
	ㄴ	n
	ㄷ	t/d
	ㄹ	r/l
	ㅁ	m
	ㅂ	p/b
	ㅅ	s
	ㅇ	不發音/ng
	ㅈ	ch/j
	ㅎ	h
送氣音 ★	ㅊ	ch
	ㅋ	k
	ㅌ	t
	ㅍ	p
硬音 ☆	ㄲ	kk
	ㄸ	tt
	ㅃ	pp
	ㅆ	ss
	ㅉ	cch

	表記	羅馬字
收尾音	ㄱ	k
	ㄴ	n
	ㄷ	t
	ㄹ	l
	ㅁ	m
	ㅂ	p
	ㅇ	ng

	表記	羅馬字	注音標音	中文標音		發音・圖像記憶法
基本母音 ※為故事情節的發展而改變順序	ㅡ	eu	ㄜㄨ	哦嗚		哦嗚，大男人假日老宅在家！
	ㅣ	i	ㄧ	一		疲倦的她，總是孤單一人。
	ㅏ	a	ㄚ	啊		啊！他每天習慣向右走！
	ㅓ	eo	ㄛ	喔		她每天習慣向左走喔！
	ㅗ	o	ㄡ	歐		歐！電視是他孤寂的伴侶！
	ㅜ	u	ㄨ	嗚		嗚！雨天，一個人撐傘！
	ㅛ	yo	ㄧㄡ	優		優美的月光下，兩人奇蹟般地相遇了。
	ㅠ	yu	ㄧㄨ	油		邂逅後，兩人都心醉了：「I love you（愛老虎油）」。
	ㅑ	ya	ㄧㄚ	壓		他她喜歡在一起，那種沒有壓力的感覺。
	ㅕ	yeo	ㄧㄛ	憂		一舉一動，讓人喜讓人憂！
複合母音	ㅐ	ae	ㄟ	耶		耶！他跟她求婚了！
	ㅒ	yae	ㄧㄟ	也		「我愛你！」「我也愛你！」
	ㅔ	e	ㄝ	給		你要當爸了，給孩子取名字吧！
	ㅖ	ye	ㄧㄝ	爺		一起去找爺爺奶奶！
	ㅘ	wa	ㄨㄚ	娃		小娃娃真聰明！
	ㅙ	wae	ㄨㄟ	歪		忙歪了！一邊工作一邊帶小孩！
	ㅚ	oe	ㄨㄝ	喂		喂！老公怎麼可以找小三！
	ㅝ	wo	ㄨㄛ	我		「哼！」「原諒我，我錯了！」
	ㅞ	we	ㄨㄝ	胃		「後悔到胃抽筋！」
	ㅟ	wi	ㄩ	為		「為你送上代表真愛的玫瑰花！」
	ㅢ	ui	ㄨㄧ	物一		「再嫁給我一次吧」「物一！」（法語 Oui：好的）

表記	羅馬字	注音標音	中文標音	發音・圖像記憶法
ㄱ	k/g	ㄎ/ㄍ	課/個	精緻可人的大女兒，是個髮型模特兒！
ㄴ	n	ㄋ	呢	女神級身材，會不會太吸睛了呢？
ㄷ	t/d	ㄊ/ㄉ	得	女神接班人，得寵程度可見一斑！
ㄹ	r/l	ㄦ/ㄌ	勒	大女兒，加勒比海拍廣告。
ㅁ	m	ㄇ	母	辛苦拍外景時，最想念阿爸阿母！
ㅂ	p/b	ㄆ/ㄅ	波/伯	也接拍綠野香波洗髮精廣告！
ㅅ	s	ㄙ	絲	拍片時各種情緒，都能傳達得絲絲入扣！
ㅇ	不發音/ng	不發音/ㄥ	o/嗯	嗯！髮型超炫，眾人的焦點！
ㅈ	ch/j	ㄘ/ㄗ	己/姿	姿色撩人，綻放無限魅力！
ㅎ	h	ㄏ	喝	喝杯果汁，都能搶盡風頭！
ㅊ	ch	ㄘ/ㄑ	此	雙胞胎小女兒呢？此人熱情好動。
ㅋ	k	ㄎ	可	甜美可人，一天到晚喜歡往外跑。
ㅌ	t	ㄊ	特	她好奇心強，又特別調皮。
ㅍ	p	ㄆ	潑	總是敢活潑大膽的秀自己。
ㄲ	kk	ㄍ、	各	雙胞胎一樣的相貌，各自的性情卻不相同。
ㄸ	tt	ㄉ、	得	兩人總能玩得笑聲不斷。
ㅃ	pp	ㄅ、	伯	兩人逗趣的小拌嘴，都是伯叔姨嬸的最愛。
ㅆ	ss	ㄙ、	四	兩人靚麗的外表，總能吸引四周人的眼光。
ㅉ	cch	ㄗ、	自	兩人都相當有自己的想法。

基本子音

送氣音★

硬音☆

⑩

	表記	羅馬字	注音標音	中文標音
收尾音	ㄱ	k	ㄍ	學（台語）的尾音
	ㄴ	n	ㄣ	安（台語）的尾音
	ㄷ	t	ㄊ	日（台語）的尾音
	ㄹ	l	ㄖ	兒（台語）
	ㅁ	m	ㄇ	甘（台語）的尾音
	ㅂ	p	ㄆ	葉（台語）的尾音
	ㅇ	ng	ㄥ	爽（台語）的尾音

▶ 收尾音

★ 送氣音就是用強烈氣息發出的音。

☆ 硬音就是要讓喉嚨緊張，加重聲音，用力唸。這裡用「ヽ」表示。

★ 本表之注音及中文標音，僅提供方便記憶韓語發音，實際發音是　有差別的。

韓文的組成

韓文是怎麼組成的呢？韓文是由母音跟子音所組成的。排列方法是由上到下，由左到右。大分有下列六種：

1 子音＋母音 —————————————————→

子
母

2 子音＋母音 —————————————————→

子	母

3 子音＋母音＋母音 ————————————→

子	母
母	

4 子音＋母音＋子音（收尾音）————————→

子
母
子（收尾音）

5 子音＋母音＋子音（收尾音）————————→

子	母
子（收尾音）	

6 子音＋母音＋母音＋子音（收尾音）————→

子	母
母	
子（收尾音）	

遇見愛情之前總是向左向右，
但愛情總是在繞一大圈後遇見了⋯⋯

- 用愛情故事記韓語 40 音 -

T01

發音

eu

相似注音

ㄜㄨ

eu . eung

으 응

哦嗚．嗯

嗯～（反問或肯定時的表現）

圖像 · 發音記憶法

哦嗚，大男人假日老宅在家！

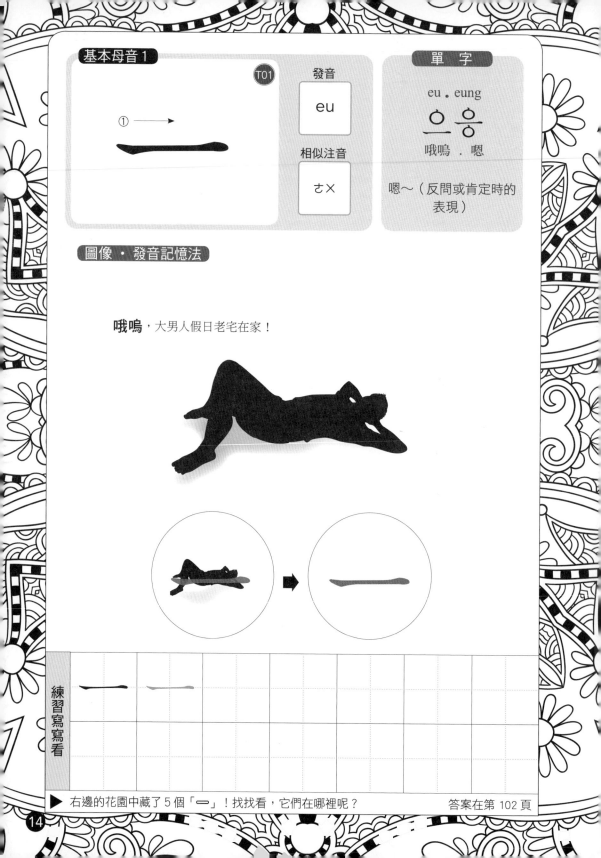

練習寫寫看

▶ 右邊的花園中藏了5個「ㅡ」！找找看，它們在哪裡呢？　　答案在第 102 頁

T02

①

發音

i

相似注音

一

單 字

i . yu

이유

一 . 由

理由

圖像 · 發音記憶法

疲倦的她，總是孤單「一」人。

練習寫寫看

▶ 右邊的花園中藏了 7 個「이」！找找看，它們在哪裡呢？　　答案在第 102 頁

16

T03

發音

a

相似注音

ㄚ

單字

a.i
아이
啊．衣

小孩

圖像 • 發音記憶法

啊！他每天習慣向右走！

練習寫看

▶ 右邊的花園中藏了6個「ㅑ」！找找看，它們在哪裡呢？　　　答案在第 102 頁

T04

發音

eo

相似注音

ㄜ

eo . i

어이

喔．衣

喂！（呼叫朋友或比自
己小的人用）

圖像．發音記憶法

她每天習慣向左走**喔**！

ㅓ ➡ ㅓ

練習寫寫看

ㅓ ㅓ

▶ 右邊的花園中藏了 8 個「ㅓ」！找找看，它們在哪裡呢？　　　　答案在第 102 頁

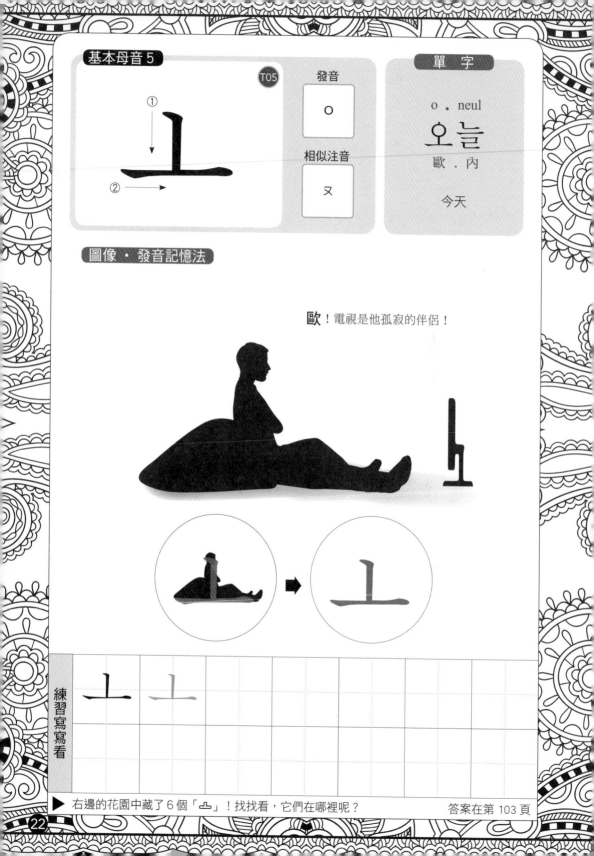

基本母音 5

T05

發音
ㅇ

相似注音
ㅈ

單字

o . neul

오늘

歐 . 內

今天

圖像・發音記憶法

歐！電視是他孤寂的伴侶！

練習寫寫看

▶ 右邊的花園中藏了 6 個「ㅗ」！找找看，它們在哪裡呢？　　　　答案在第 103 頁

22

T06

發音

u

相似注音

ㄨ

單 字

u．yu

우 유

嗚．優

牛奶

圖像・發音記憶法

嗚！雨天，一個人撐傘！

ㅜ ➡ ㅜ

練習寫寫看

ㅜ	ㅜ	ㅜ					

▶ 右邊的花園中藏了 5 個「ㅜ」！找找看，它們在哪裡呢？ 　　　答案在第 103 頁

24

T07

發音

yo

相似注音

一ヌ

wo . ryo . il

월요일

我 . 優 . 憶兒

星期一

圖像 ‧ 發音記憶法

優美的月光下，兩人奇蹟般地相遇了。

練習寫看

ㅛ　ㅛ

▶ 右邊的花園中藏了 10 個「ㅛ」！找找看，它們在哪裡呢？

答案在第 103 頁

T08

發音

yu

相似注音

ㄧㄨ

yu . a

유아

油 . 阿

嬰兒

① →

② ↓   ③ ↓

圖像・發音記憶法

邂逅後，兩人都心醉了：
「I love you（愛老虎**油**）」。

練習寫寫看

▶ 右邊的花園中藏了 7 個「ㅠ」！找找看，它們在哪裡呢？　　　　　答案在第 103 頁

基本母音 9

T09

①↓ ②→ ③→ ㅑ

發音

ya

相似注音

ㄧㄚ

單 字

sim . ya

심야

心 . 壓

深夜

圖像 · 發音記憶法

他她喜歡在一起，那種沒有**壓**力的感覺。

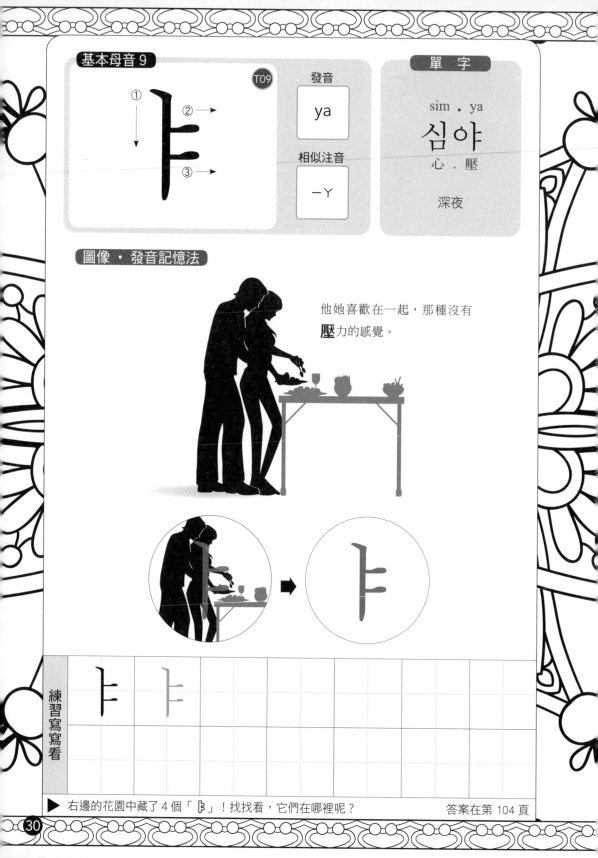

練習寫寫看

ㅑ　ㅑ

▶ 右邊的花園中藏了 4 個「ㅑ」！找找看，它們在哪裡呢？

答案在第 104 頁

30

T10

發音

yeo

相似注音

ㄜㄧ

單 字

yeo . ja . a . i

여자아이

憂 . 叉 . 阿 . 伊

女兒

圖像 ‧ 發音記憶法

一舉一動，讓人喜讓人**憂**！

練習寫看看

▶ 右邊的花園中藏了 6 個「ㅕ」！找找看，它們在哪裡呢？

答案在第 104 頁

33

T11

發音

ae

相似注音

ㄟ

hae

해

黑

太陽

圖像 ‧ 發音記憶法

耶！他跟她求婚了！

練習寫寫看

▶ 右邊的花園中藏了 7 個「ㅐ」！找找看，它們在哪裡呢？　　　答案在第 104 頁

34

T12

發音

yae

相似注音

一ㄟ

yae

애

也

這個人

圖像 · 發音記憶法

結婚了！

「我愛你！」

「我也愛你！」

練習寫寫看

▶ 右邊的花園中藏了 7 個「ㅒ」！找找看，它們在哪裡呢？

答案在第 104 頁

② ③
①→

T13

發音

e

相似注音

ㄝ

me . nyu

메뉴

梅 . 牛

菜單

圖像 · 發音記憶法

懷孕了！

你要當爸了，

給孩子取名字吧！

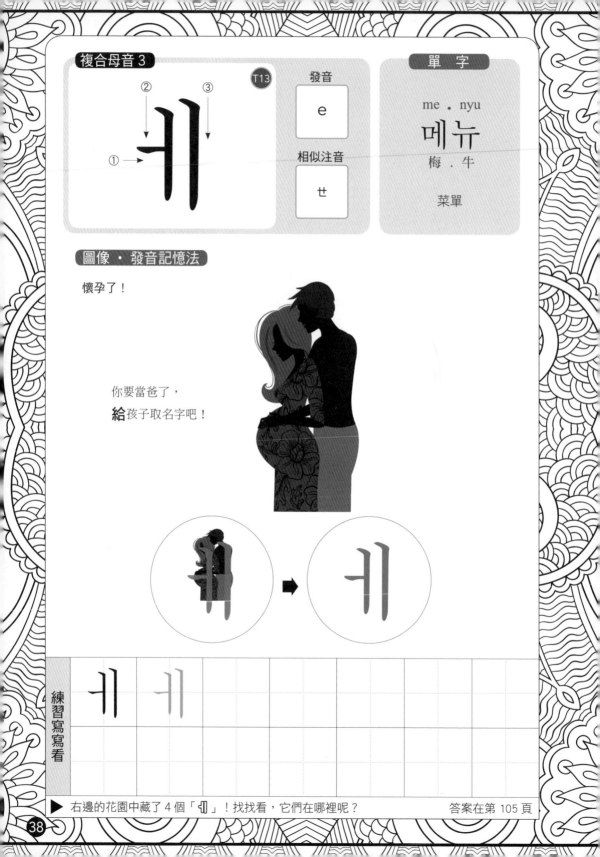

練習寫寫看

▶ 右邊的花園中藏了 4 個「ㅖ」！找找看，它們在哪裡呢？　　　答案在第 105 頁

38

39

③ ④

① ⟶

② ⟶

ㅖ

T14

發音

ye

相似注音

一ㅔ

ye . bae

예배

爺 . 北

禮拜

圖像 · 發音記憶法

生了雙胞胎千金

一起去找**爺**爺奶奶！

ㅖ ➡ ㅖ

練習寫寫看

ㅖ ㅖ

▶ 右邊的花園中藏了 6 個「ㅖ」！找找看，它們在哪裡呢？　　　　答案在第 105 頁

T15

과

① ② ③ ④

發音
wa

相似注音
ㄨㄚ

單字

sa . gwa

사과

傻 . 瓜

蘋果

圖像 · 發音記憶法

育兒日記！

小**娃**娃真聰明！

練習寫寫看

과　과

▶ 右邊的花園中藏了 8 個「과」！找找看，它們在哪裡呢？　　　答案在第 105 頁

43

複合母音6

③ ⑤
↓ ↓
①→ ㅙ
②→ ←④

T16

發音

wae

相似注音

ㄛㄝ

單 字

dwae . ji

돼지

腿 . 祭

豬

圖像・發音記憶法

忙**歪**了!
一邊工作一邊帶小孩!

ㅙ ➡ ㅐ

練習寫寫看

ㅐ	ㅐ					

▶ 右邊的花園中藏了 3 個「ㅙ」!找找看,它們在哪裡呢? 答案在第 105 頁

複合母音7

① ② ③
ㅚ

T17

發音
oe

相似注音
ㄨㄝ

單 字

hoe . sa
회사
會 . 莎

公司

圖像・發音記憶法

先生有小三，藉溜狗，跟女生幽會

喂！老公怎麼可以找小三！

ㅚ → ㅚ

練習寫看

ㅚ　ㅚ

▶ 右邊的花園中藏了8個「ㅚ」！找找看，它們在哪裡呢？　　答案在第106頁

複合母音 8

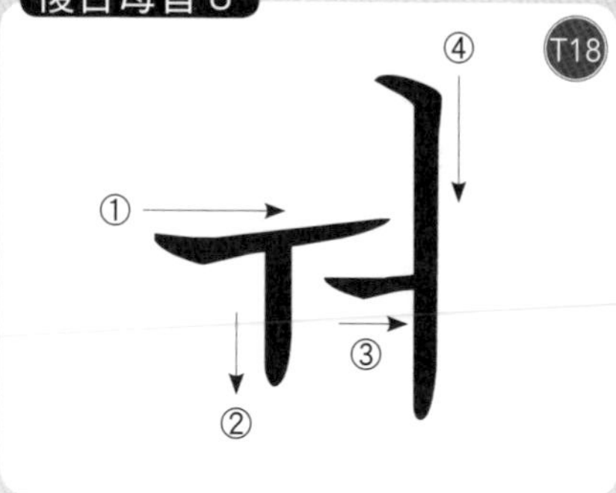

發音

wo

相似注音

ㄨㄛ

單　字

mwo

뭐

某

什麼

圖像・發音記憶法

老婆一氣之下，離家出走！

「原諒**我**，我錯了！」

「哼！」

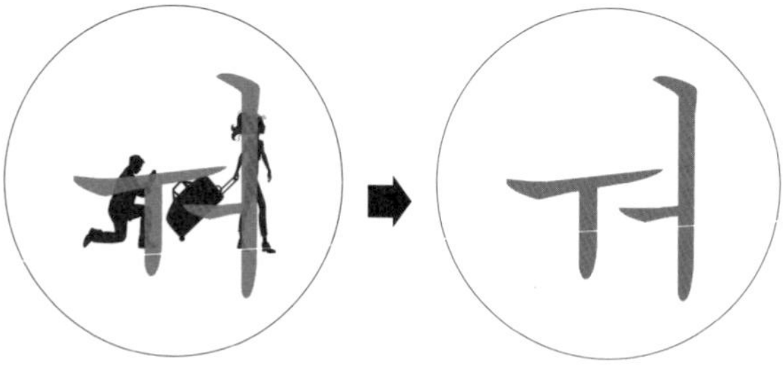

練習寫寫看

ㅝ ㅝ

▶ 右邊的花園中藏了 6 個「ㅝ」！找找看，它們在哪裡呢？ 答案在第 106 頁

複合母音9

④ ⑤
T19

① →
③
②

發音

we

相似注音

ㄨㄝ

單字

we . i . teo
웨이터
胃 . 衣 . 透

服務員（餐廳）

圖像・發音記憶法

希望挽回老婆的心！

「後悔到**胃**抽筋！」

練習寫看

▶ 右邊的花園中藏了5個「**웨**」！找找看，它們在哪裡呢？　　答案在第 106 頁

50

T20

發音

wi

相似注音

ㄩ

kwi

귀

桂

耳朵

圖像 ‧ 發音記憶法

在巴黎鐵塔下，再次宣誓永恆的真愛！

「**為**你送上代表真愛的玫瑰花！」

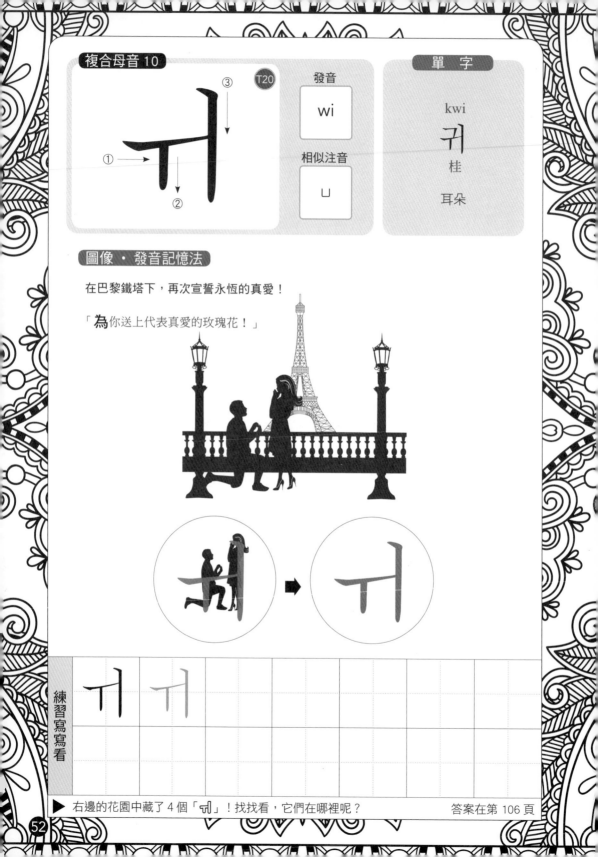

練習寫寫看

▶ 右邊的花園中藏了 4 個「귀」！找找看，它們在哪裡呢？

答案在第 106 頁

複合母音 11

T21

②

①→

ㅓ

發音

ui

相似注音

ㄨㄧ

單　字

ui . sa

의사

物一 . 莎

醫生

圖像 · 發音記憶法

「再嫁給我一次吧」

「**物一**！」（法語 Oui：好的）

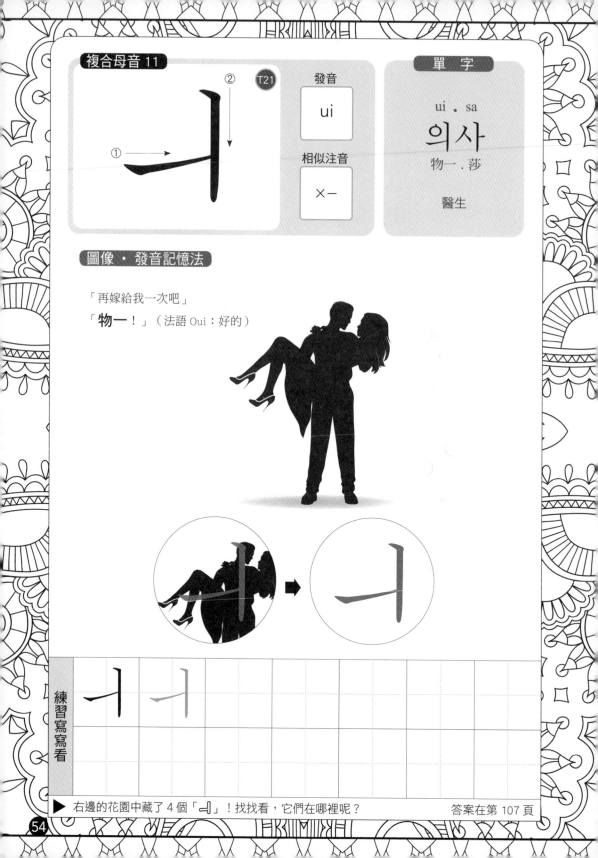

練習寫寫看

▶ 右邊的花園中藏了 4 個「ㅢ」！找找看，它們在哪裡呢？　　　答案在第 107 頁

54

子音・平音1

T22

① →

發音

k/g

相似注音

ㄎ/ㄍ

單 字

keo . gi

거기

科 . 給

那裡

圖像・發音記憶法

雙胞胎大女兒楚楚動人,是**個**髮型模特兒!

練習寫寫看

ㄱ ㄱ

▶ 右邊的花園中藏了6個「ㄱ」!找找看,它們在哪裡呢?

答案在第 107 頁

子音・平音2

T23

① ㄴ

發音

n

相似注音

ㄋ

單字

nu . gu

누구

努 . 姑

誰

圖像・發音記憶法

女神級身材，會不會太吸睛了**呢**？

練習寫寫看

ㄴ	ㄴ				

▶ 右邊的花園中藏了 6 個「ㄴ」！找找看，它們在哪裡呢？　　　　　答案在第 107 頁

子音・平音3

T24

① →
ㄷ
② →

發音

t/d

相似注音

ㄊ/ㄉ

單　字

eo . di

어디

喔 . 低

哪裡

圖像・發音記憶法

女神接班人，**得**寵程度可見一斑！

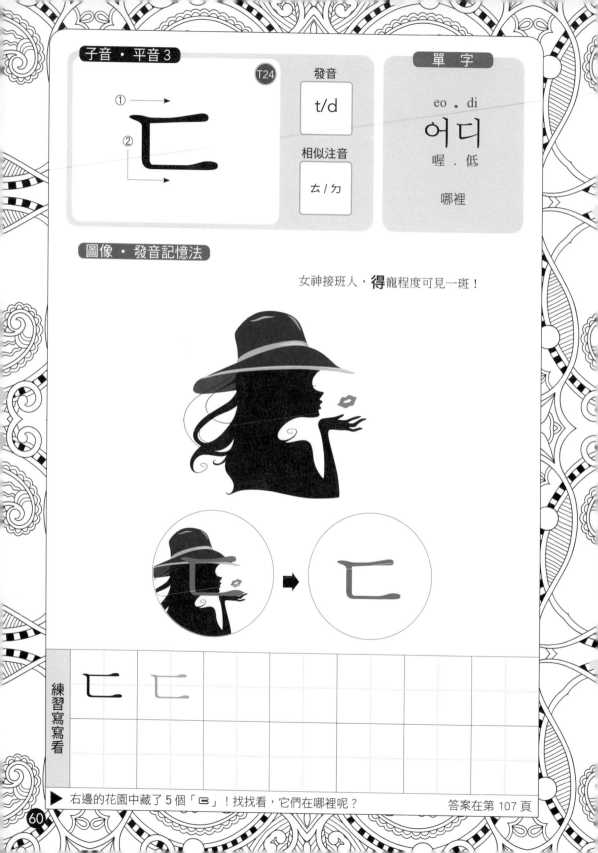

練習寫寫看

ㄷ	ㄷ				

▶ 右邊的花園中藏了5個「ㅂ」！找找看，它們在哪裡呢？　　　答案在第 107 頁

T25

發音

r/l

相似注音

ㄦ / ㄌ

單 字

u . ri

우리

屋 . 李

我們

圖像・發音記憶法

大女兒，加**勒**比海拍廣告。

練習寫看

▶ 右邊的花園中藏了4個「ㄹ」！找找看，它們在哪裡呢？　　答案在第 108 頁

62

T26

發音

m

相似注音

ㄇ

meo . ri

머리

末 . 李

頭

① ②
口
③

圖像・發音記憶法

辛苦拍外景時,最想念
阿爸阿**母**!

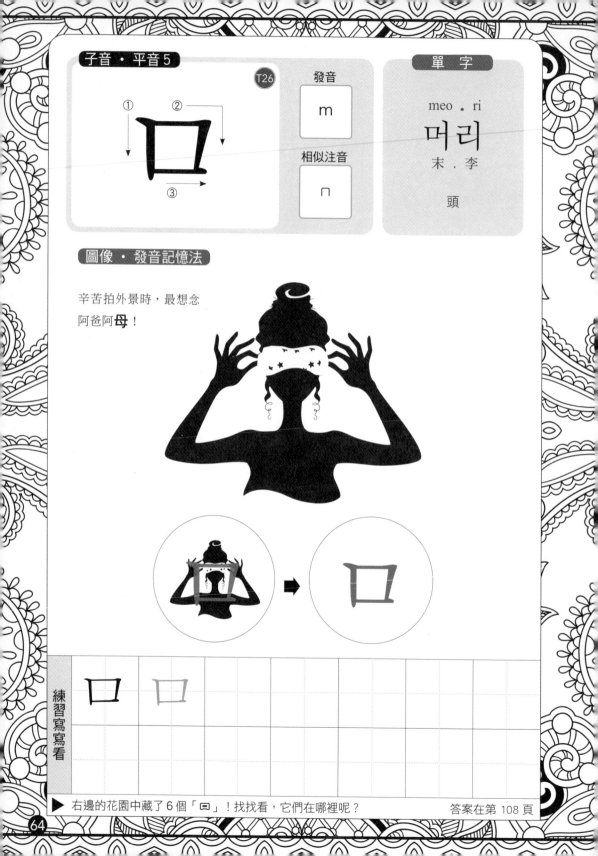

練習寫寫看

口	口				

▶ 右邊的花園中藏了6個「口」!找找看,它們在哪裡呢?　　　　答案在第 108 頁

T27

發音

p/b

相似注音

ㄆ / ㄅ

pa．bo

바보

爬．普

傻瓜、笨蛋

圖像・發音記憶法

也接拍綠野香**波**洗髮精廣告！

練習寫寫看

ㅂ　ㅂ

▶ 右邊的花園中藏了 7 個「ㅂ」！找找看，它們在哪裡呢？

答案在第 108 頁

T28

① ②

入

發音

s

相似注音

ㄙ

pi . seo

비서

皮 . 瘦

秘書

圖像・發音記憶法

拍片時各種情緒，都能傳達得

絲絲入扣！

練習寫寫看

入	入				

▶ 右邊的花園中藏了 5 個「ㅅ」！找找看，它們在哪裡呢？　　　答案在第 108 頁

子音 · 平音8

T29

① ○

發音

不發音
/ ng

相似注音

不發音
/ ㄥ

單字

yeo . gi

여기

有 . 給

這裡

圖像 · 發音記憶法

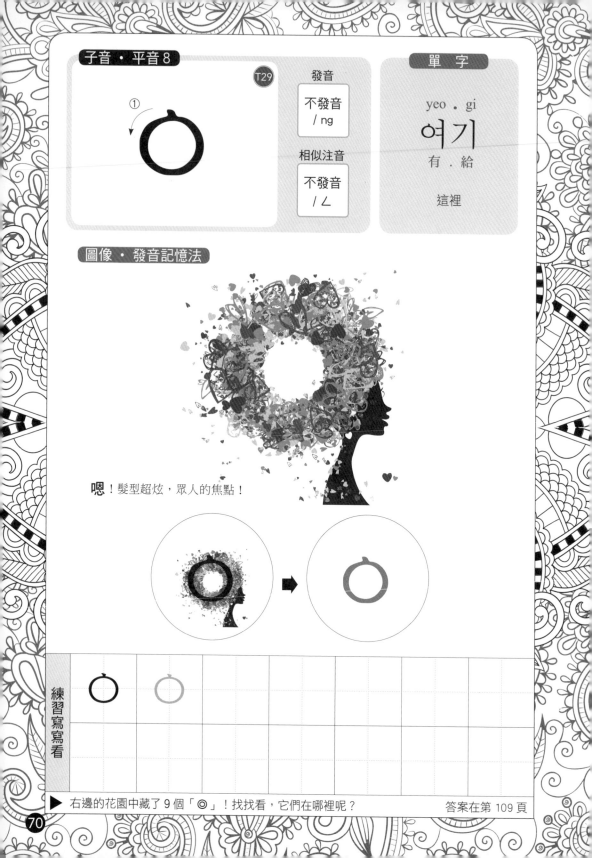

嗯！髮型超炫，眾人的焦點！

練習寫寫看

▶ 右邊的花園中藏了9個「◎」！找找看，它們在哪裡呢？

答案在第 109 頁

單字

T30

① →
ス
② ③

發音
ch/j

相似注音
ㄘ/ㄗ

chu．so
주소
阻．嫂

地址

圖像・發音記憶法

姿色撩人，綻放無限魅力！

練習寫看

ス	ス					

▶ 右邊的花園中藏了4個「ㅈ」！找找看，它們在哪裡呢？　　　　答案在第 109 頁

T31

① →
② →
③

發音

h

相似注音

ㄏ

hyu . ji

휴지

休 . 幾

面紙、衛生紙

圖像・發音記憶法

喝杯果汁，都能搶盡峰頭！

練習寫寫看

▶ 右邊的花園中藏了5個「ㅎ」！找找看，它們在哪裡呢？　　　答案在第 109 頁

74

T32

發音

ch

相似注音

ㄘ / ㄑ

單　字

cha

차

擦

茶、車子

圖像・發音記憶法

雙胞胎小女兒呢？

此人熱情好動。

練習寫寫看

ㅊ　ㅊ

▶ 右邊的花園中藏了 4 個「ㅊ」！找找看，它們在哪裡呢？

答案在第 109 頁

T33

發音

k

相似注音

ㄎ

ka . deu

카드

卡 . 的

卡片

圖像‧發音記憶法

甜美**可**人，一天到晚喜歡往外跑。

練習寫寫看

▶ 右邊的花園中藏了5個「ㅋ」！找找看，它們在哪裡呢？　　　答案在第 110 頁

78

子音・送氣音 3

T34

發音

t

相似注音

ㄊ

單 字

ti . syeo . cheu

티셔츠

提 . 秀 . 恥

T恤

圖像・發音記憶法

她好奇心強，又**特**別調皮。

Ｅ ➡ Ｅ

練習寫寫看

Ｅ　Ｅ

▶ 右邊的花園中藏了7個「ㅌ」！找找看，它們在哪裡呢？　　答案在第 110 頁

T35

單字

發音

p

相似注音

ㄆ

keo . pi

커피

ㅁ . 匹

咖啡

圖像・發音記憶法

總是敢活**潑**大膽的秀自己。

立 立

練習寫寫看

▶ 右邊的花園中藏了 4 個「ㅍ」！找找看，它們在哪裡呢？　　　　答案在第 110 頁

T36

發音

kk

相似注音

《ヽ

單字

a . kka

아까

阿 . 嘎

剛才

圖像・發音記憶法

雙胞胎一樣的相貌，**各**自的性情卻不相同。

練習寫寫看

▶ 右邊的花園中藏了 6 個「ㄲ」！找找看，它們在哪裡呢？　　　　答案在第 110 頁

子音・硬音2

T37

①→ ③→
②
④→

ㄸ

發音

tt

相似注音

ㄅ、

單字

tteo . na . da

떠나다

都 . 娜 . 打

離開

圖像・發音記憶法

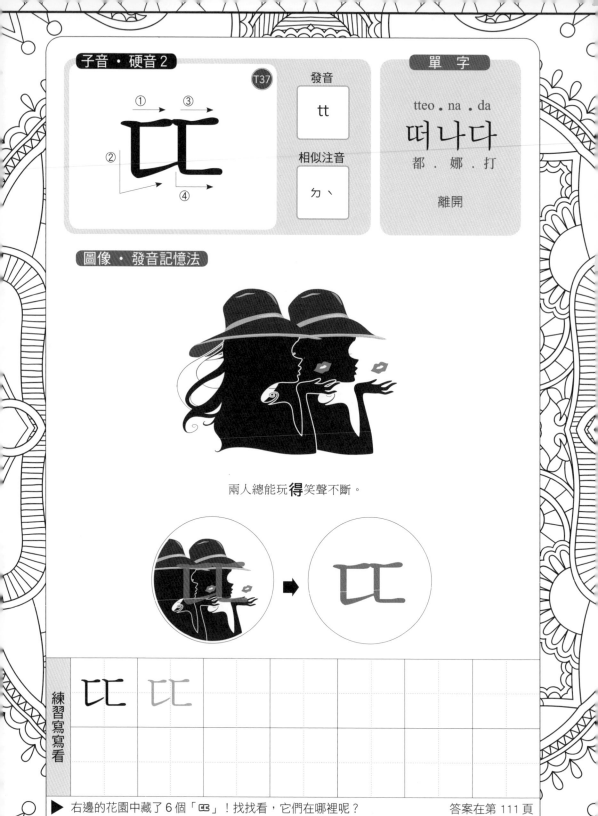

兩人總能玩**得**笑聲不斷。

練習寫寫看

ㄸ	ㄸ				

▶ 右邊的花園中藏了 6 個「ㄸ」！找找看，它們在哪裡呢？　　　　　答案在第 111 頁

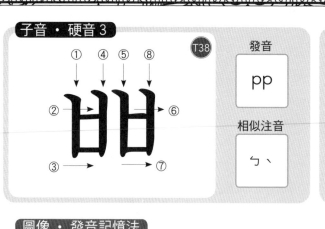

① ④ ⑤ ⑧
② ㅃ ⑥
③ ⑦

T38

發音

pp

相似注音

ㄅ、

o . ppa

오빠

喔 . 爸

哥哥

圖像・發音記憶法

兩人逗趣的小拌嘴,都是**伯**叔姨嬸的最愛。

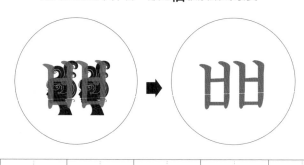

ㅃ → ㅃ

練習寫寫看

ㅃ	ㅃ			

▶ 右邊的花園中藏了 5 個「ㅃ」!找找看,它們在哪裡呢?　　　　答案在第 111 頁

T39

發音

SS

相似注音

ㄙˋ

① 丛 ③
② ④

ssa . u . da

싸우다

沙 . 屋 . 打

打架

圖像・發音記憶法

兩人靚麗的外表，總能吸引**四**周人的眼光。

丛 ➡ 丛

練習寫寫看

丛 丛

▶ 右邊的花園中藏了 5 個「ㅆ」！找找看，它們在哪裡呢？

答案在第 111 頁

T40

發音

cch

相似注音

ㄗ、

ka . ccha

가짜

卡 . 恰

騙的

圖像・發音記憶法

兩人都相當有**自**己的想法。

쬬 ➡ 쬬

練習寫寫看

쬬	쬬					

▶ 右邊的花園中藏了 7 個「쬬」！找找看，它們在哪裡呢？　　　答案在第 111 頁

92

反切表

平音、送氣音跟基本母音的組合

母音 子音	ㅏ a	ㅑ ya	ㅓ eo	ㅕ yeo	ㅗ o	ㅛ yo	ㅜ u	ㅠ yu	ㅡ eu	ㅣ i
ㄱ k/g	가 ka	갸 kya	거 keo	겨 kyeo	고 ko	교 kyo	구 ku	규 kyu	그 keu	기 ki
ㄴ n	나 na	냐 nya	너 neo	녀 nyeo	노 no	뇨 nyo	누 nu	뉴 nyu	느 neu	니 ni
ㄷ t/d	다 ta	댜 tya	더 teo	뎌 tyeo	도 to	됴 tyo	두 tu	듀 tyu	드 teu	디 ti
ㄹ r/l	라 ra	랴 rya	러 reo	려 ryeo	로 ro	료 ryo	루 ru	류 ryu	르 reu	리 ri
ㅁ m	마 ma	먀 mya	머 meo	며 myeo	모 mo	묘 myo	무 mu	뮤 myu	므 meu	미 mi
ㅂ p/b	바 pa	뱌 pya	버 peo	벼 pyeo	보 po	뵤 pyo	부 pu	뷰 pyu	브 peu	비 pi
ㅅ s	사 sa	샤 sya	서 seo	셔 syeo	소 so	쇼 syo	수 su	슈 syu	스 seu	시 si
ㅇ —/ng	아 a	야 ya	어 eo	여 yeo	오 o	요 yo	우 u	유 yu	으 eu	이 i
ㅈ ch/j	자 cha	쟈 chya	저 cheo	져 chyeo	조 cho	죠 chyo	주 chu	쥬 chyu	즈 cheu	지 chi
ㅊ ch	차 cha	챠 chya	처 cheo	쳐 chyeo	초 cho	쵸 chyo	추 chu	츄 chyu	츠 cheu	치 chi
ㅋ k	카 ka	캬 kya	커 keo	켜 kyeo	코 ko	쿄 kyo	쿠 ku	큐 kyu	크 keu	키 ki
ㅌ t	타 ta	탸 tya	터 teo	텨 tyeo	토 to	툐 tyo	투 tu	튜 tyu	트 teu	티 ti
ㅍ p	파 pa	퍄 pya	퍼 peo	펴 pyeo	포 po	표 pyo	푸 pu	퓨 pyu	프 peu	피 pi
ㅎ h	하 ha	햐 hya	허 heo	혀 hyeo	호 ho	효 hyo	후 hu	휴 hyu	흐 heu	히 hi

收尾音（終音）跟發音的變化

一、收尾音（終音）

韓語的子音可以在字首，也可以在字尾，在字尾的時候叫收尾音，又叫終音。韓語 19 個子音當中，除了「ㄸ、ㅃ、ㅉ」之外，其他 16 種子音都可以成為收尾音。但實際只有 7 種發音，27 種形式。

1	ㄱ [k]	ㄱ ㅋ ㄲ ㄳ ㄺ
2	ㄴ [n]	ㄴ ㄵ ㄶ
3	ㄷ [t]	ㄷ ㅌ ㅅ ㅆ ㅈ ㅊ ㅎ
4	ㄹ [l]	ㄹ ㄼ ㄽ ㄾ ㅀ
5	ㅁ [m]	ㅁ ㄻ
6	ㅂ [p]	ㅂ ㅍ ㅄ ㄿ
7	ㅇ [ng]	ㅇ

1　ㄱ [k]：ㄱ ㅋ ㄲ ㄳ ㄺ

用後舌根頂住軟顎來收尾。像在發台語「學」的尾音。

- 마 지 막 [ma ji mak] 最後
- 곡 식 [gok sik] 穀物

2　ㄴ [n]：ㄴ ㄵ ㄶ

用舌尖頂住齒齦，並發出鼻音來收尾。感覺像在發台語「安」的尾音。

- 반 대 [pan dae] 反對
- 전 신 주 [jeon sin ju] 電線桿
- 안 내 [an nae] 案內

3 ㄷ [t] : ㄷ ㅌ ㅅ ㅆ ㅈ ㅊ ㅎ

用舌尖頂住齒齦，來收尾。像在發台語「日」的尾音。

- 샅 바 [sat pa] (摔跤用的)腿繩
- 옷 [ot] 服
- 꽃 [kkot] 花

4 ㄹ [l] : ㄹ ㄺ ㄽ ㄾ ㅀ

用舌尖頂住齒齦，來收尾。像在發台語「兒」音。

- 마 을 [ma eul] 村落
- 쌀 [ssal] 米
- 발 [pal] 腳

5 ㅁ [m] : ㅁ ㄻ

緊閉雙唇，同時發出鼻音來收尾。像在發台語「甘」的尾音。

- 봄 [pom] 春天
- 이 름 [i reum] 名字
- 사 람 [sa ram] 人

6 ㅂ [p] : ㅂ ㅍ ㅄ ㄿ

緊閉雙唇，同時發出鼻音來收尾。像在發台語「葉」的尾音。

- 입 [ip] 嘴巴
- 잎 [ip] 葉子
- 값 [kap] 價錢

7 ㅇ [ng] : ㅇ

用舌根貼住軟顎，同時發出鼻音來收尾。感覺像在發台語「爽」的尾音。

- 사 랑 [sa rang] 愛情
- 강 [kang] 河川
- 유 령 [yu ryeong] 鬼，幽靈

二、發音的變化

　　韓語為了比較好發音等因素，會有發音上的變化。

1 硬音化

「ㄱ [k], ㄷ [t], ㅂ [P]」收尾的音，後一個字開頭是平音時，都要變成硬音。簡單說就是：

$$\left[\begin{array}{l} 「ㄱ , ㄷ , ㅂ」＋平音「ㄱ , ㄷ , ㅂ , ㅅ , ㅈ」\\ →硬音「ㄲ , ㄸ , ㅃ , ㅆ , ㅉ」。\end{array}\right]$$

正確表記	為了好發音	實際發音
학 교 [hak gyo]	→	학 꾜 [hak kkyo] 學校
식 당 [sik dang]	→	식 땅 [sik ttang] 食堂

2 激音化

「ㄱ [k], ㄷ [t], ㅂ [P], ㅈ [t]」收尾的音，後一個字開頭是「ㅎ」時，要發成激音「ㅋ , ㅌ , ㅍ , ㅊ」；相反地，「ㅎ」收尾的音，後一個字開頭是「ㄱ , ㄷ , ㅂ , ㅈ」時，也要發成激音「ㅋ , ㅌ , ㅍ , ㅊ」。簡單說就是：

$$\left[\begin{array}{l} ㄱ , ㄷ , ㅂ , ㅈ＋ㅎ→ㅋ , ㅌ , ㅍ , ㅊ\\ ㅎ＋ㄱ , ㄷ , ㅂ , ㅈ→ㅋ , ㅌ , ㅍ , ㅊ\end{array}\right]$$

正確表記	為了好發音	實際發音
놓 다 [not da]	→	노 타 [no ta] 置放
좋 고 [jot go]	→	조 코 [jo ko] 經常
백 화 점 [paek hwa jeom]	→	배 콰 점 [pae kwa jeom] 百貨公司
잊 히 다 [it hi da]	→	이 치 다 [i chi da] 忘記

3　連音化

「ㅇ」有時候像麻薯一樣，只要收尾音的後一個字是「ㅇ」時，收尾音會被黏過去唸。但是「ㅇ」也不是很貪心，如果收尾音有兩個，就只有右邊的那一個會被移過去念。

正確表記	為了好發音	實際發音
단 어 [tan eo]	→	다 너 [ta neo] 單字
값 이 [kaps i]	→	갑 시 [kap si] 價格
서 울 이 에 요 [seo ul i e yo]	→	서 우 리 에 요 [seo u li e yo] 是首爾

4　ㅎ音弱化

收尾音「ㄴ,ㄹ,ㅁ,ㅇ」，後一個字開頭是「ㅎ」音；還有，收尾音「ㅎ」，後一個字開頭是母音時，「ㅎ」的音會被弱化，幾乎不發音。簡單說就是：

$$
\begin{bmatrix}
ㄴ,ㄹ,ㅁ,ㅇ+ㅎ \rightarrow ㄴ,ㄹ,ㅁ,ㅇ \\
ㅎ+ㅇ \rightarrow ㅇ
\end{bmatrix}
$$

正確表記	為了好發音	實際發音
전 화 [jeon hwa]	→	저 놔 [jeo nwa] 電話
발 효 [pal hyo]	→	바 료 [pa ryo] 發酵
암 호 [am ho]	→	아 모 [a mo] 暗號
동 화 [tong hwa]	→	동 와 [tong wa] 童話
좋 아 요 [joh a yo]	→	조 아 요 [jo a yo] 好

鼻音化（1）

「ㄱ[k]」收尾的音 後一個字開頭是「ㄴ,ㅁ」時 要發成「ㅇ」[ng]。

「ㄷ[t]」收尾的音 後一個字開頭是「ㄴ,ㅁ」時 要發成「ㄴ」[n]。

「ㅂ[P]」收尾的音 後一個字開頭是「ㄴ,ㅁ」時 要發成「ㅁ」[m]。

正確表記	為了好發音	實際發音
국 물 [guk mul]	→	궁 물 [gung mul] 肉湯
짓 는 [jit neun]	→	진 는 [jin neun] 建築
입 문 [ip mun]	→	임 문 [im mun] 入門

6 鼻音化（2）

「ㄱ[k], ㄷ[t], ㅂ[P]」收尾的音，後一個字開頭是「ㄹ」時，各要發成「k→ㅇ」「t→ㄴ」「p→ㅁ」。而「ㄹ」要發成「ㄴ」。簡單說就是：

$$
\begin{bmatrix} ㄱ, ㄷ, ㅂ + ㄹ → ㅇ, ㄴ, ㅁ \\ ㄹ → ㄴ \end{bmatrix}
$$

正確表記	為了好發音	實際發音
복 리 [bok ri]	→	봉 니 [bong ni] 福利
입 력 [ip ryeok]	→	임 녁 [im nyeok] 輸入
정류장 [cheong ru jang]	→	정 뉴 장 [cheong nyu jang] 公車站牌

7 流音化：ㄹ同化

「ㄴ」跟「ㄹ」相接時,全部都發成「ㄹ」音。簡單說就是：

$$
\begin{bmatrix} ㄴ + ㄹ → ㄹ + ㄹ \\ ㄹ + ㄴ → ㄹ + ㄹ \end{bmatrix}
$$

正確表記	為了好發音	實際發音
신 라 [sin la]	→	실라 [sil la] 新羅
실 내 [sil nae]	→	실 래 [sil lae] 室內

「ㄷ [t], ㅌ]t」收尾的音，後一個字開頭是「이」時，各要發成「ㄷ→ㅈ」「ㅌ→ㅊ」。而「ㄷ [t]」收尾的音 後字為「히」時，要發成「ㅊ」。簡單說就是：

$$
\begin{bmatrix}
ㄷ + 이 → 지 \\
ㅌ + 이 → 치 \\
ㄷ + 히 → 치
\end{bmatrix}
$$

正確表記	為了好發音	實際發音
같 이 [kat i]	→	가 치 [ka chi] 一起
해 돋 이 [hae dot i]	→	해 도 지 [hae do ji] 日出

韓語有時候也很曖昧，喜歡加一些音，那就叫做添加音。在合成詞中，以子音收尾的音，後一個字開頭是「야，얘，여，예，요，유，이」時，中間添加「ㄴ」音。另外，「ㄹ」收尾的音，後面接母音時，中間加「ㄹ」音。簡單說：

$$
\begin{bmatrix}
子音 + 야,얘,여,예,요,유,이 \\
→ 子音 + ㄴ + 야,얘,여,예,요,유,이 \\
ㄹ + 母音 → ㄹ + ㄴ + 母音
\end{bmatrix}
$$

正確表記	為了好發音	實際發音
식 용 유 [sik yong yu]	→	시 공 뉴 [si gyong nyu] 食用油
한 국 요 리 [han guk yo ri]	→	한 궁 뇨 리 [han gung nyo ri] 韓國料理
알 약 [al yak]	→	알 략 [al lyak] 錠劑

什麼叫合成詞？就是兩個以上的單字，組成另一個意思不同的單字啦！例如：韓國＋料理→韓國料理。

- 用愛情故事記韓語40音 -

解　　答

▶ 塗上黑色為解答。

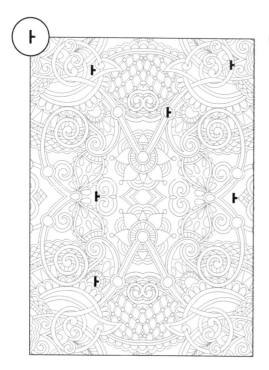

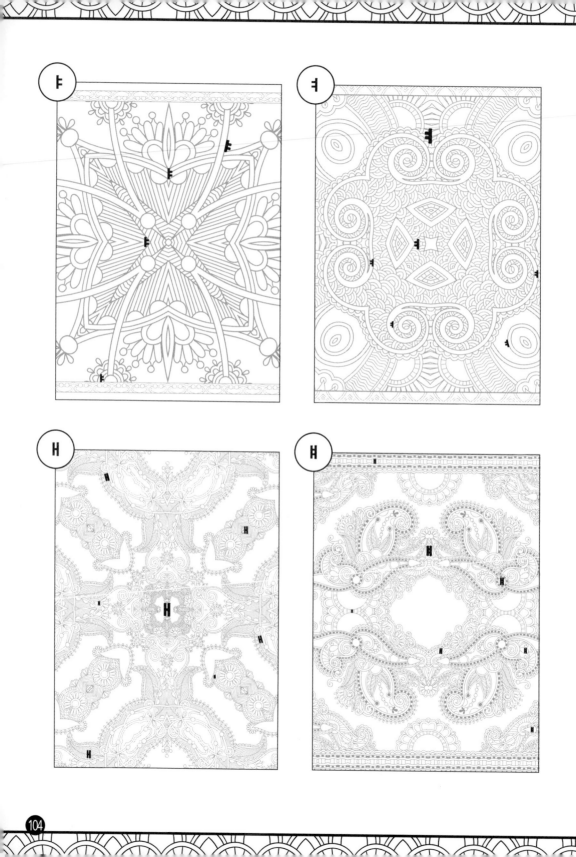

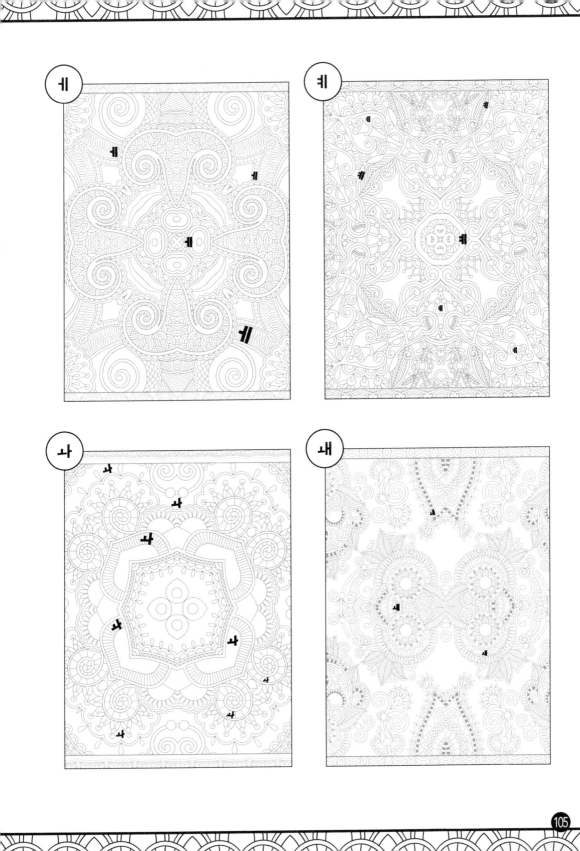

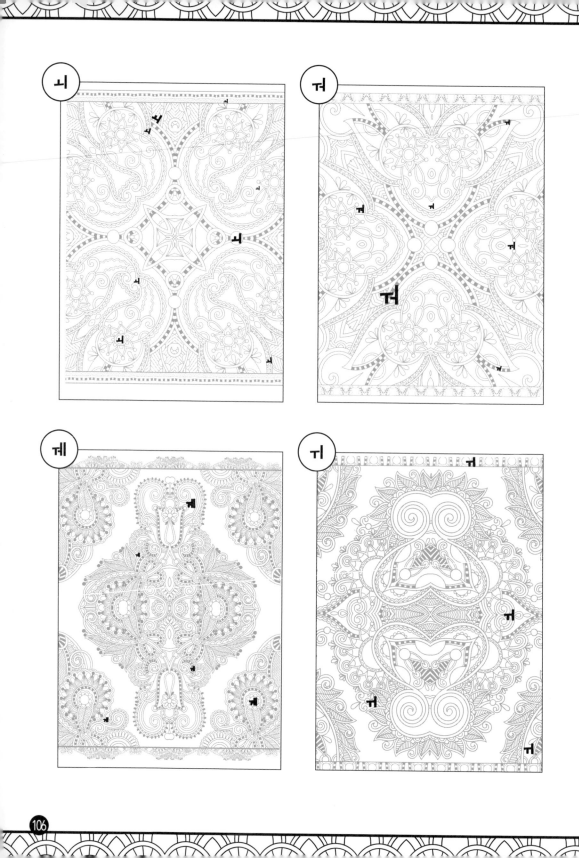

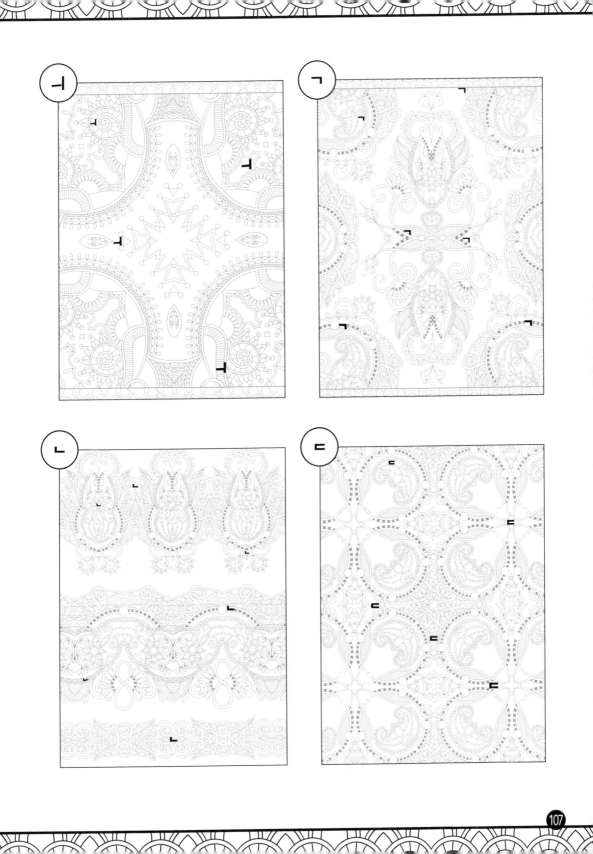

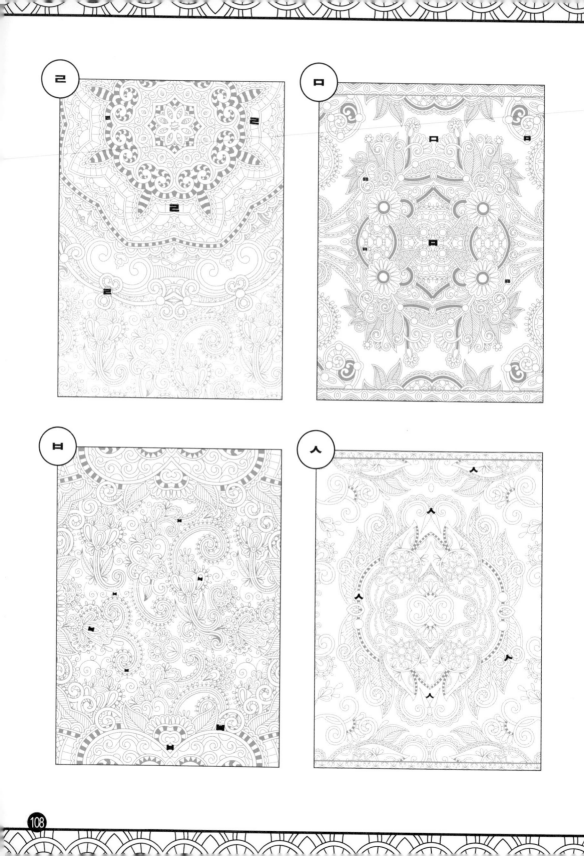

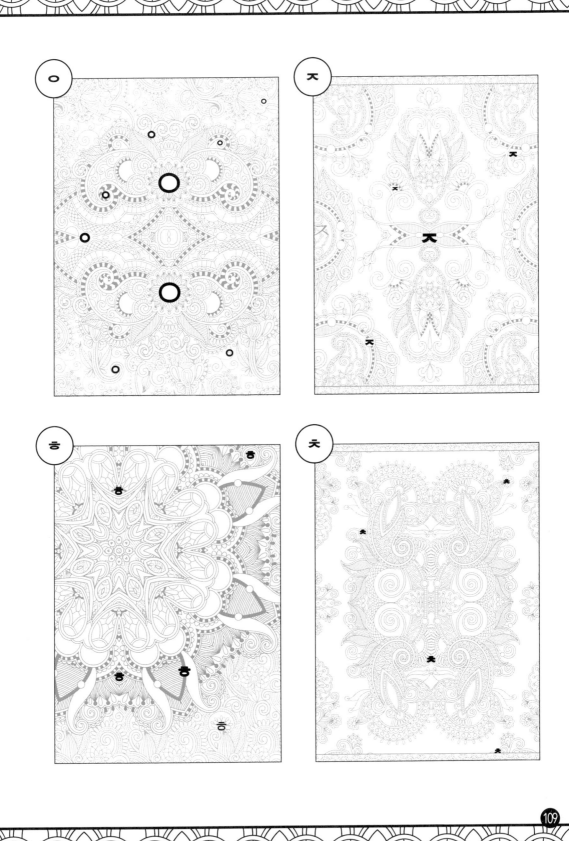

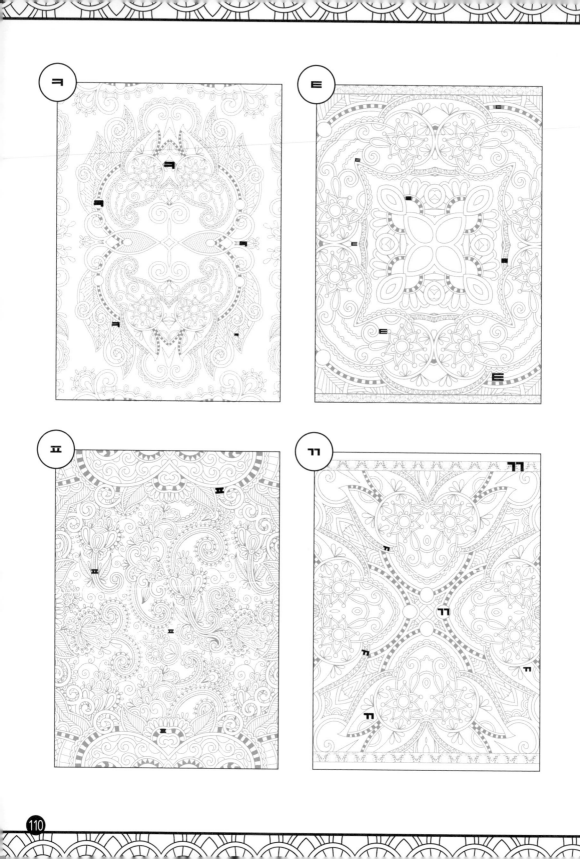

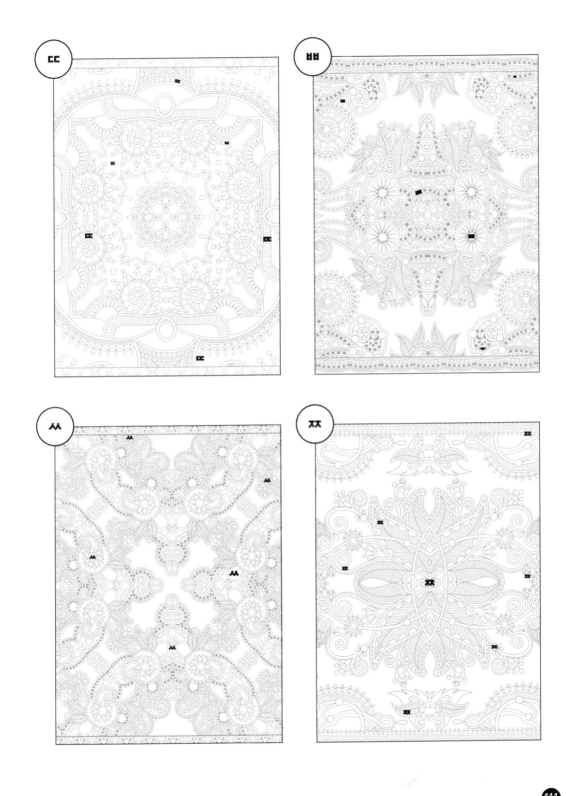

用愛情故事記
韓語4○音

4○音尋愛花園
著色本

【玩玩韓語 08】

■著者
金龍範

■設計・創意主編
吳欣樺

■發行人
林德勝

■出版發行
山田社文化事業有限公司
106 臺北市大安區安和路一段 112 巷 17 號 7 樓
電話 02-2755-7622
傳真 02-2700-1887

■郵政劃撥
19867160號　大原文化事業有限公司

■總經銷
聯合發行股份有限公司
新北市新店區寶橋路 235 巷 6 弄 6 號 2 樓
電話 02-2917-8022
傳真 02-2915-6275

■印刷
上鎰數位科技印刷有限公司

■法律顧問
林長振法律事務所　林長振律師

■出版日
2016年01月 初版

■定價
新台幣249元

ISBN 978-986-246-434-2